爲茶發聲

詩選集

飲冰室茶®集藝文館 編

為自己寫首「名叫初戀」的詩

目次

年度佳作

飲冰室茶集藝文館
——名家詩選　81

序一　覺，有情

許悔之

每個人的心裡都住著一個詩人，每個人年輕的時候都應該是一個詩人。

充滿「事件」而沒有「結構」的愛情，尤其是「初戀」，往往是我們一生不斷回首的「原點」，回首，卻回不去了；一種想像中的「永劫回歸」。

那個回首的原點，是雪地冰原，也是焚身的烈焰；是歧路花園，也是一張地圖。

那個原點，空無一物，又空中萬有；有花有月有樓臺，蜃樓之中是海市，煙沙千里，初戀的那人如夢如幻。

以幻觀之，知道那非現實；初戀是我們生命中最甜美也最殘酷的功課。

我們一生所有的情緒與感覺，都在「一期一會」的初戀裡，生成並演練。

那些高強度、高密度、高不確定性的人生感受，我們都一古腦的授受了；然後以整生來消化、反芻。

在這本詩選裡，有名家之作，有徵選得獎的作品，合為一帙，為愛發聲，為愛發生。

讓我們執迷的初戀，其實是我們修行的道場；當我們一再回首而認清愛情是「空中而有」、「借假修真」的功課，我們會讚歎那我們愛過或愛過我們的人，是一位菩薩啊！我們從「覺，有情」變成「覺有情」，只有感謝，不再嗔恚；只有了然，不再怨懟。

而那人，此生與我因緣相會，像虛空中相會的兩顆星。

愛，讓我們終於可以有能力想像「無一物中無盡藏」。

那時，或許我們老了，我們感到衰敗的肉身裡的心，那麼的遼闊啊，遼闊到可以藏納一切無常。

在老去之前，讓我們來讀詩、寫詩，把愛情的樣子參詳個清楚透徹。

愛情在人間，不離世間覺。

因為感覺有情，我們或將成為覺悟的有情。

愛情的煩惱泥中，愛情的生死大海，有詩也有人，陪我們同行。

序二　您的身邊有人正在寫詩……

王聰威

您一定常常看到咖啡飲品和藝文活動做廣告上的配合，茶類飲品就很少見，光從好喝程度來說，我本來就是飲冰室茶集的愛好者，這系列還能跟我所熟悉的文學連結在一起，雖然理性上明明知道是產品形象的塑造，卻不由自主地會被吸引，拿起來看看又有哪個作家朋友長輩給放在包裝上頭。這樣講可能會被人家說又來了，不過反正偶爾就是想喝甜甜的奶茶，便利商店裡滿滿的飲料裡，剛好能有這樣氣味相投的氛圍，不也是種生活的小確幸嗎？

所以飲冰室茶集來找我們合作，我覺得非常高興，心裡還想也該早來找我們了吧。過去他們舉辦徵文，當然也辦得熱熱鬧鬧的，每年有個三、四千件的來稿，跟任何徵文比起來都算很成功。稍微研究一下之後，我們提了些改變的建議，比方說以通俗的愛情為主題，必定可以吸引最多藝文愛好者投稿，再以高額獎金來激勵銳氣正盛，已有文名的年輕詩人出手競逐，另外完全按照正式文學獎的規格，邀請知名的頂尖詩人分成初複審、決審來進行評選，藉此一口氣提高這次徵文的文學性等等，雖然是執行商業活動的一環，但既然與我們合作，那麼文學專業這邊，便完全不能妥協。我們所想要的，是一個雙贏的局面：讓飲冰室茶集能再賣得更好，而徵文本身則能夠有最多人參加，並從其中選出真正具有文學質地的高水準詩作。

飲冰室茶集有沒有賣得更好，不太知道，他們沒跟我講，但是這一次我們收到了將近一萬三千份的驚人來稿，遠遠刷新以往的紀錄，從我們這邊來看，已可算是商業與文學結合的高度成功，更令人感到振奮的是，進入決審的作品幾乎都是讓人難以割捨的佳作，坦白說好到超出我個人的預期，不遜於任何正統文學獎的作品，而且得主中有許多早是備受注目的新銳詩人。我在決審會議一邊聽評審委員仔細地討論優缺點，一邊覺得「量」要催的話，多想點辦法短時間內還是催得出來，「質」卻不是這樣，一定是在許多創作者的心裡長期醞釀著，就像放在深深的地窖裡的酒藏一樣，終於有一天在最美好的時刻開封，以便慶祝一個特別的節日，做為一個出版者，或者一個文學獎的舉辦者，便是要準備好舞台，迎接創作者的自在登場。

透過這樣的一次文學與商業合作，跟飲料賣得好不好無關，我們知道了文學的種子如此之多，各行各業，不分年齡性別，在這一萬三千人裡滋長著，我相信還有更多更多，下一次便會現身。而在這本集子裡看到的，也許是現在長得最茁壯的一批，很快地就會開花結果，再為我們灑落更多的種子。還能有比這個更棒的事嗎？文學，並不總是那麼孤單，無論何時何地，您的身邊有人正努力地寫著詩呢！

為愛發聲

——為自己寫首「名叫初戀」的詩

年度時代詩人

◎沈信呈

戀人的神啊

（詩眼：神）

那些野貓一般的情緒
經過我們好像就更殘破了一點
舔著彼此熟爛的爪傷
像長鬚彎曲，微笑成謎
諦聽齒痕在心上慢慢圓滿
並靜靜撫摸彼此體內湧出的蕾絲
舒軟而扎手——每一點都置有無窮的細節

愛情走在前面引導我們
從後方一步步連綿地相關地踏入第一線
和宇宙雄辯我們潮濕的身體，如何延展為上帝
更多聲音的發明，詞語深入我們眉眼
天空自由移動，夾帶淚水的直角
幸福的光學，在這裡成為獨一無二的視線

我們的愛情是宇宙主義，可以超越

一切觀點，也是實用主義
於最溫暖的血肉，建造天堂的最高
而我們滿臉淚水地在美學的室內
移動剛剛好的神蹟

年度優選

（詩眼：眼）

◎游善鈞

親愛的狐狸

親愛的狐狸，我現在
坐在火車上靠窗的位置，
寫信給你。
這會兒，窗戶下起了雨，
草原暗了下來就看不見你的眼睛，
曾經小步奔跑，在我的身體裡
一首明亮的舞曲。

親愛的狐狸，我現在
坐在只有一個座位並且靠窗的位置
寫信給你。
每閃一次電，就看見你。
我知道彼此都在往前奔跑
很快，就會抵達日光沛然的草原
風一吹，就是你的眼睛。

年度優選

◎楊佩蓉

甜至恍然

後來，他們把她用唱的
記不得的部分就用哼的
當她的指尖打在琴鍵上
深著出來
可我從未見過，就感動。

夏天成了一片極薄的檸檬
仰首時瞇著眼，埋頭又苦找
充滿好奇，好像有很多氣力
一把就抓住滿天的我。

如今我們已是
蛻下的殼定在樹上
再也不可能，加入蟬唱。
那類停止呼息，不含水分
天也，海也不收的乾淨

（詩眼：唱）

在紙上暈開
一處處甜至恍然。

年度優選

◎邱建國

戀人的眼

（詩眼：眼）

誰能征服一朵花的靈魂？
誰能占有一片雲的心思？
春雨北風可以，紅顏青絲可以，
紅蕉綠柳、孤鶩殘霞、漁歌晚唱可以，
初戀情人的眼睛也可以。
讓炊煙傳來遠方的遠方，
亦疾亦徐踽踽獨行的
腳步聲。

那個夾岸數百步，
落英繽紛的桃花源，
入夜以前，
已經不知有漢無論魏晉了。

戀人走著走著，
踩出花瓣的碎裂聲。

年度優選

◎呂孟璋

十年一刻

（詩眼：嚷）

某個午後妳把陽光安心地寄放在我手裡
輕如一句耳語
熱情如一個祕密
我還不及察覺
掌心的蟬嚷已蔓延至樹梢

或許是我喊得太輕
或許是我喊太用力
或許是喊得太急
或許是喊的時候已經遲了
只知道在那段比承諾還短的日子裡
我確實是義無反顧地發著聲

誰在乎那些蟬翼最後都收哪去了呢
妳是我蟄伏十年
終於嚷那一刻的夏

年度優選

◎汪玉如

再無所謂於或井或你

（詩眼：井）

在巷口潮濕前等你
啣著遠端那樣輕柔的
一捲幽深的井
沉默是紙，輕愁是草
我用眼神燃燒
整個雨季
被你含在嘴裡
算想成為雲霧的時機
想來也是好的
就成為蛻皮的白蛇，爬過火
纏綿你的指尖、衣物，也包括你
每一次唇齒的開闔
每一個游過眼底的影子
盤據最靠心口的蝴蝶
如此我離開了也是我在
每個有癮的日子我聽見你來

聽見你背著黃昏的影子
街燈照了有透明的碰撞聲
落入井裡的，我仔細收集
並養著

年度佳作

◎蔡韻雯

成交

就這樣吧

我把眼神賣給你
把返家的路燈小徑賣給你
蜿蜒狹窄
燈和燈排排站
仰望起來像滿臉發光的椰子樹

我把笑容賣給你
把睡前的一顆鎢絲燈泡賣給你
昏暗迷茫
懸在天花板上吱吱作響
線和線閃爍著銀光
是蝴蝶一生追尋的朝聖地

請你
用愛跟我買

（詩眼：賣）

年度佳作

◎廖亮羽

歸來記

（詩眼：守）

那就不要離開我啊
在宮殿前重聚後，你說
此後開始構築一條田園小徑
修造的情結像黑暗中漫舞
時光被捶打得扁平枯竭

只想行經地圖外的山谷
之間流動的沉默
也滿裝晨露與草香
有時你走在我前方
有時隱身、離開
於是知曉我的心
跟著你，宮殿外的世界
已不會再迷途
而你將被無人走過的美麗田園
以永恆小徑守護

不要再浪費你的生命
在那道午睡後的陽光下，我說

年度佳作

影印

◎林汝羽

一台高於胸脯的機器，輕易模糊掉字眼的獨特性
進紙、掃描、上墨
聲響規律
輕輕搖晃

你的聲音永久、戲謔、貼切，
當你站在我身邊光總閃亮得讓人睜不開眼
豐富得令人懊惱。
我曾相信命運並滿足於孤獨
你毀滅了一切。

錯誤的尺寸、錯誤的比例、錯誤的時機……
記憶是所有麻煩的根源
但我願意。

把心放在你手中，雖然它看起來不過是一張空白的表格

（詩眼：填）

填滿我，
從溫暖的黑暗中摸索生成的影像
因為你，世界將記得我來過。

年度佳作

◎尤尊毅

藏寶圖

（詩眼：寶）

當然，我們總喜歡把時光
藏起來而且深如擁抱，埋在彼此的
身體中。我們互相
標記對方，一張藏寶圖
僅留下恰巧足夠的線索：你
泛紅的臉頰、每一點延伸的痣——
以及不明朗的言語作為提示
我們於是擁有無止盡的尋寶遊戲，尋找
被還新鮮的我們
埋起來的寶藏（那時
我們才剛剛學會航行，正努力
從彼此的夢中啟航
然後努力會合）
我們於是成功挖出那些
閃閃發光的日子，埋進去
更多我們現在的時光

年度佳作

◎張天笠

過敏原

（詩眼：敏）

驗血報告出來了
過敏原是動物皮毛和灰塵
卻找不到妳的名字
而妳卻是比動物皮毛或灰塵
都更纖細透明的存在

在口罩後羞怯顫抖的唇
一遍又一遍
讀著妳雙腳跌宕的韻所留下的
一行又一行
泛黃的童話

為何關於妳的種種
免疫系統總是不聽話的解讀為
手舞足蹈的七彩疹子以及
這首

哈　啾哈　　　啾
讓我生命發癢的
哈　　　啾
參差旋律

年度佳作

◎柯昀伶

發現初戀

（詩眼：等）

等，轉角的巧遇，
然後用最完美的笑容跟你道聲早，
竊喜，你都沒有發現。

一首歌的分享，綠燈的等待，
有時候撥錯電話號碼，
虛無假設，你都沒有發現。

並肩時偷偷觀察你撐傘的手，用仰角四十五度和你說再見，
轉身後又回頭看你離去的背影沒出視線，
我發現，你都沒有發現。

夏天無聲無息的結束了，
最後一聲蟬響戛然而止，
浪消失在沙灘上，
你，都沒有發現。

年度佳作

◎李雅婷

剝開初陽和妳的聲響

（詩眼：剝）

剝開嘴唇
裡面有太陽和一陣候鳥覓食的聲響

汗毛如草皮
塗上一些鮮豔的花露水

腳底濕潤的天氣
傳來蜜蜂帶著花蜜私奔的消息

剝開當初的果實
紛紛飛出的腳印沒有翅膀

圍觀的人如桂冠
那裡是美麗的希臘

而我夾著翅膀
只能不斷拍動剝落在手掌的雨聲

年度佳作

◎潘韋丞

初戀是光

（詩眼：光）

如果那是不再重複的季節，有光
妳踮腳踩著時光，翩翩裙襬無聲地走向
我所遇見的風景來自遙遠的星光
久別重逢，陌生的彼此交換了悄悄耳語
讓一知半解的諾言支配整個青春
就像被黑暗所綿密簇擁的光
我們才知道自己依然在途中，一邊尋找一邊前行
摸索著看見與看不見的曾經
撿拾蔚藍海浪上盛開的光花流轉
那樣明亮而短暫地不復記憶
直到所有的光影都散去
乾淨地剩下初生的土壤
適合栽種也適合希望
思念將成為忘記呼吸的植物
總會有那麼幾次
與妳甜美的笑容不期而遇

朦朧地彷彿撩撥酣眠的微光
但我並不急於收藏——
如果那是光，被所有人仰賴而需要
揮散將是它最美好的姿態

年度佳作

◎蔡文哲

我該如何措詞

我該如何措詞如何得體表現
一只書籤的姿態
在不想遺忘的季節裡
標記你的名姓你的重要性

我該如何寫一封沒有地址的信
給窗外的雨，施工的路
風乾的制服
你的憂鬱

沒有譜成的曲調該如何
演奏你心的音符
在更黑暗的房間角落
撫平我們的裂縫

我該如何措詞寫一首青春的盛宴

（詩眼：詞）

隱身在風的背後
讓種子盈盈飛散
我們的小手都開滿了花

年度佳作

◎黃隆秀

你是幻想，是天堂。

（詩眼：圈）

四五點的雨瘖色天
以為自己在一個未成形的世界醒來
忘了上一個夢是什麼　又躺了下去
側臥喜歡腿也蜷縮在腰彎裡
每每閉上眼　你就出現
肉脖子後邊沾黏你呼吸濕熱的氣息　耳朵聽見你細穩的
吐露
睡眠中你擁抱我身腔也是以慢頻率縮綻
你將我圈圍出一圓夢

清晨醒來　一個人醒來
想你也在一座落雨的島　夜裡會不會醒來　或者你還沒
睡
躺了下來　閉上眼　你的小腹貼觸我的腰　背向你
卻認得你的五官　它們都像花瓣
它們在夜間密密垂闔全部藏進我的後髮

睜開眼　所有花都凋謝　所有幻想照到白光消失不見
只因它們無色無味
而惟有我能搆摸得出　那些幻想和天堂
全是你

年度佳作

◎黃裕文

屋子

那時的我們
像西曬的屋子
住進發燙的彼此
門窗敞開
流經的風光都背景
青春一意發展
雙人的劇情
食完人間煙火
回眼睛裡開伙
拿笑容當碗
過期的淚也甘甜
一天過後
洗淨的約定又晾起
陽台面向未來
盆栽有小朵花開
床頭擺一幅夢

（詩眼：屋）

夢就照進了睡眠
我們的那時
世界輕輕搖晃
在發光的屋子

年度佳作

◎魏韻恩

夏天夜裡的事

在你的眼裡夏夜的晚風裡，
我像一支快要融化的冰淇淋，
我喜歡這樣的自己。

你說去撈魚吧！
破了三個紙網之後，你的酒窩還在，
我喜歡這樣的你。

試圖把你當作一條住在我眼裡游泳池的魚。
閉上眼，
會發光的事物只剩鱗片，但我並不喜歡鱗片。
然後我用模糊的視力勉強看著，
你啪答啪答地濺起滔天巨浪，把鱗片酒窩全都捲　走　了。

殘餘的水還灑在泳池旁的磁磚上，

（詩眼：夏）

清掃從不是讓人難過的事，
但
天一亮，夏天就結束了。

年度佳作

◎徐仁豪

海

海
你是海
你是悠遠的
盈盈的宛轉的藍

你淡淡莞爾
撩開了一渦眷戀
我聽見魚鳥與浪潮讚歌
我看見浪花與日光繾綣
美好妝容　在青碧間蕩漾

我在沙灣盤桓
你知道的　我猜
所以讓海潮在腳踝輕輕一吻
然後也輕輕
輕　輕　抹去紛亂的足跡

（詩眼：海）

噓
踏不成章的情話
就別說了吧

年度佳作

◎陳樹青

初戀

懸念都靜止
我像蜉蝣怒視拂曉
壓抑的雲霧散了又散
你呼喚不回
像悠悠久矣的山嵐
在無法見及的遠方

沙啞的書，剛開始參考的文獻
爭吵的小思緒化為翻閱痕跡
那些語言的美好並沒有實現
隱隱約約

我喜歡你，鳥類的比翼
那些流隙於文字之中的傾聽
你玩累睡著時的安靜
丟失在向陽的和煦裡

（詩眼：近）

只是眼淚，突兀的穿搭
掠過剛走過的夜的凌亂
那熄滅——曾是我執著於近的存在

年度佳作

◎張晉嘉

初遇的瞬間

或晴　或雨
初遇你的那一瞬
我便化為圓

或醒　或夢
戀上你的那一刻
我心便缺了角

託風將心捎給你
給予你的那一角
或被收藏　或在人海流浪
於是在初遇的瞬間
懂得酸甜
懂得心不再完全屬於自己

也許

（詩眼：圓）

多年後會明白
關於愛情
便是有些圓缺了
有些缺圓了

年度佳作

◎鄭亦婷

有候鳥的冬天

北風在入冬前預先捲走滿樹兒的花
僅留下交錯難解的枝節
伸展成一種赤裸姿態幾近死亡
啊流浪的鳥兒
背負著祕密隻身前來
從此知道南方未必溫暖
悲傷也許就是這光禿禿的模樣

啊憂愁的鳥兒
其實多想讓你見見我極好的模樣
然而此刻的蕭瑟不會拒絕你的迷惘
若花永遠大把大把地開　世界永遠明亮
將無人有空談論遠方

啊同我一般畏寒的鳥兒
世界太冷使人不再信仰

（詩眼：巢）

且讓我以細軟的枝椏深入你蓬鬆的毛髮
以新生的嫩芽與毫毛為彼此填上
然後再為下一次可能的拜訪
造一個巢裡頭孵著飽滿的希望

妳允諾了我的唇。
世界旋轉了。

（詩眼：只）

年度佳作

◎張夢姍

初戀

花是妳　海是妳　為藍天綻放的豔陽也是妳
妳是風吹的方向
是這世界唯一的明媚

世故還沒入侵以前
讓我耽戀妳的皎潔雙眼久一點
不願讓烏雲得以籠罩這片大地
我們計畫逃到天涯海角
用浪漫奢侈的共度餘生
讓獨占歌頌愛的樂章
電影裡只有我和妳
用盡了全力占盡妳青春的篇幅
卻還是愛的膚淺

可惜這只是青春
醉不了的啤酒
難忘逝去的韶光歲月

年度佳作

◎陳家輝

就如荷包蛋

（詩眼：諾）

才起床妳撒嬌，換一個、一個承諾
知道一旦沉默不語，妳便胃痛
早餐，於是煎一枚蛋給妳：

掐指而破，金澄蛋汁緩流
蛋殼易碎，蛋黃易熟，半生熟的心是脆弱。我知道
陽光曬出妳的透明，也洒出世界充滿黑影
風吹一次窗口，尖銳都，增生一條細紋。我知道

妳要看世間寒涼，就濡沫相暖
曖曖也灼熱，妳眼底有我的光
愛啊，從不為衰老而生

把故事都給妳，厮磨成貓撒嬌的頸項
呢喃唇吻誓言作枕我們，相互糾纏指甲與，柔毛

戀愛，我是蛋白妳是蛋黃，一些不大不小事
譬如手指繞髮，譬如囈語譬如、狂歌
都如荷包蛋一樣
親愛的不要半生熟就，常常擁抱，一生攪和

年度佳作

◎蔡書蓉

琥珀

（詩眼：遠）

你來了
在黃昏以前
熊熊燃燒
占據那片　尚未到達的森林
唱歌跳舞
把相疊的指印留給樹影
直到天空長出紫羅蘭
枝枒傳遞青春
指向遠遠的
遠遠的
星塵高舉金盞
我是一隻落單的螞蟻
從穿透胸腔的露水
見過海洋
在波光中綻放閃耀虹影的心
交出古老的

夢境蜷曲的化石
駐守在繫有藤蔓的樹幹上

年度佳作

◎李祖豪

向山

以為初愛時你顯得康莊
十月風過你肩頭
捲起我狼狽如殘花敗葉
你是平原隆起崎嶇
我戀你就變得顛簸

開始感覺日子像窗
躲在屋裡窺視
見你日漸朦朧，變得遠了
我是望山而入的人
才發現你沒有開闢蹊徑讓我前行

路把我們走得好曲折
一隻夜鴞低鳴而過
你擁有最幽暗的密林

（詩眼：山）

年度佳作

◎吳宣瑩

過境

（詩眼：城）

時光就此擱淺
在九月，白日漸漸變短
樹蔭還趴在屋頂上
而例行的光照和規則都一一瓦解了
剩下浮影，曲折地摩挲過
雲層的肚腹

於焉想起那些未及趕赴的旅次
誤點的班機，一再
延宕的行程
揣想你的城市裡
是否有花；是否有果
薄霧般的細雨驟然來到
你彎彎的眉心

這樣很好就讓我承受

虛無的時光與水氣
以此描摹不存在的微笑
與口音，讓我蒸發
彷彿從未抵達

年度佳作

握你的手唱一首歌

◎崔舜華

（詩眼：唱）

十六歲生日的仲夏我們決定要慎重慶祝
用薔薇與牛奶鋪張巴洛克式的後院派對
在野餐桌上擺放新鮮蘋果與革命家自傳
隔日醒來已經二十有五
跟隨世界邁入了青壯年
共享一架鋼琴，一部小說
報上連載的諷刺漫畫
如此相伴直到三十歲
世界饗我們以自動化生產
趁假日添購新冰箱、烤肉架與爵士樂
將吐司、罌粟和珍珠項鍊
分次盛進十二吋鍍金瓷盤
喝完餐前酒終於進入壯年
在水晶杯底寫下人生規劃
選一天陽光美妙在玫瑰籬笆旁
以蜂蜜與擁抱互許終身
這麼簡單，握你的手，唱一首歌

年度佳作

◎蔡昀庭

二氧化碳

（詩眼：毒）

你是一場輕柔的酸雨
我是佇立在街角那尊名為等待的大理石像

你輕輕的吻我
舐去了我的倔強
腐蝕了
我，
青春，我們的曾經，
都化為泊泊氣泡
像那年夏天來不及敬你最後一杯的汽水
和
早已稀薄的空氣中濃度過高的二氧化碳
一種無可避免的惱人存在
每一次的呼吸
都在肺部與鼻息的吸吐間糾纏

神經衰弱、心臟衰竭、臉色潮紅
醫師診斷證明：慢性二氧化碳中毒

年度佳作

◎蕭皓瑋

追回來

（詩眼：追）

光斜斜打入無人的課室
恰好有一粒微塵，就這樣被我看見了
像是看見時間
鑲著不鏽的金邊
像是我們，是不是真的
能從此停止老去了？
只是課鐘，怎麼依然定時兀自地響起
迴盪在人群散去的校園
驚動飛鳥，掠過我的胸口
嬉聲，晚雲，樹影
也都逐次散去了
在夜色就要垂落的年紀
我在黑暗的操場裡，舉辦單人的田徑賽
為了日漸肥胖的生活
圍繞著操場奔跑
即使是深深知道的

再多十圈，二十圈
十年，二十年
我也無能將你
追回來了

年度佳作

◎趙映程

雨中咖啡館

雨聲親吻安靜的窗
咖啡香舒卷如煙嵐
氤氳如迷惘的心情
我們躺入往昔的光影
並不打算晾曬所有
關於年輕的祕密
我們像雨溶進，熟悉而陌生的城市
成為膽小的魚
在戀愛流域裡練習
擺尾，練習適應
似遠而近的距離
啵出的泡沫正曖昧
試探躍動的真心

多年之後，如果我於詩的霧中迷途
你會不會溫柔地撐傘

（詩眼：雨）

執守在季節的轉角
等待我自時光上游回返
一起於青春的出海口
再瞭望夏末燦絢的彩虹

年度佳作

◎張雅芳

你輕敲我的夢境

你輕敲我的夢境
山蹲了下來
海便順勢依偎過去了
蝴蝶、梔子花、十七歲的腳踏車
闔上的那一本書我忽然不知道
可以藏在哪裡

我原已習於想望
以一盅茶湯的琥珀色
持續一樁心事於爐上
偶有詩句，有洗淨的衣裙在太陽底下
似有似無的燙

但你輕敲我的額，如夢境
我的瀏海滑過你的指節
如流星

（詩眼：敲）

劫掠一則祕密
讓我從此更小更小
心，再不能更多

年度佳作

在歸途中

◎劉昊勳

約在海岸線見面
入夜之後便各自狂飆著歲月
讓光都趕不上
拋棄了一座座燈塔
才知道私奔會乾涸
裸露出瘦弱的河床
不逃離雲朵等於擁抱海洋
四面溫柔的楚歌催我
直到汗水與淚水都模糊了
而無法蒸發

如今回想起來
歸於大海之所以安詳
在於有太多的過去聚集
品嘗不出各種苦澀的差異
搶灘之所以慘烈

（詩眼：回）

在於只能發出風乾後的聲音
再見了，超速之所以有意義
在於會回到有罰單的地方

年度佳作

基本語言

◎李侑臻

基本語言
進階謊言
當我走向你
你總是急著用言語打退回去
非法結晶，合法融點
幾度能當我是一體
又幾度能看我成水晶
玻璃纖維，夠硬夠脆
一捽一吻
酥聲粉碎
幫我捐贈髮尾末端分岔細胞
皿裡重生
他沃土茁壯
你睫裡含水，滴不出來
噢，丹尼
我還你贈我的詛咒：

（詩眼：解）

讓愛情
連淚水也
難以解決

年度佳作

◎蔡易澄

非季節性熱帶戀愛

（詩眼：定）

搬進大賣場，帶上你的
長頸鹿。我們在暗夜裡偷偷牽回來
掛好項圈，定期餵食
記得覓水跟試吃，輕輕且迂迴
別留下腳印

那些獵人。是的，他們
穿越高高的零食架
弄倒一些罐頭，堆疊成山。
環伺我們小心的
躲在門後，躲在滿是瓷碗的餐桌

請保護好它，親愛的
走失要通報我，受傷我買成藥
還要睡軟的床墊。
沒有無風帶後
我們不再需要長途跋涉

飲冰室茶集「為愛發聲」情詩大賞徵文得獎名單

（得獎紀錄請參閱《聯合文學》雜誌三四七期，頁九八－一一二。）

年度時代詩人

戀人的神啊　沈信呈

年度優選

親愛的狐狸　游善鈞

甜至恍然　楊佩蓉

戀人的眼　邱建國

十年一刻　呂孟璋

再無所謂菸或井或你　汪玉如

年度佳作

成交　蔡韻雯

歸來記　廖亮羽

影印　林汝羽

藏寶圖　尤尊毅

過敏原　張天笠

發現初戀　柯昀伶

剝開初陽和妳的聲響　李雅婷

初戀是光　潘韋丞

我該如何措詞　蔡文哲
你是幻想，是天堂。　黃隆秀
屋子　黃裕文
夏天夜裡的事　魏韻恩
海　徐仁豪
初戀　陳樹青
初遇的瞬間　張晉嘉
有候鳥的冬天　鄭亦婷
初戀　張夢姍
就如荷包蛋　陳家輝
琥珀　蔡書蓉

向山　李祖豪
過境　吳宣瑩
握你的手唱一首歌　崔舜華
二氧化碳　蔡昀庭
追回來　蕭皓瑋
雨中咖啡館　趙映程
你輕敲我的夢境　張雅芳
在歸途中　劉昊勳
基本語言　李侑臻
非季節性熱帶戀愛　蔡易澄

飲冰室茶集藝文館

——名家詩選

◎方文山

故事還溫熱

（韻腳詩）

一滴淚　一抹笑　一段割捨　持續在人群中被選擇
我在門口錯身而過　目送著　那些心事下課
終於　我學會了　用特寫來描述　瞬間撲火的蛾
於是　火光倒映的影子　在牆上自在的　唱起了歌
我用音樂摺起紙鶴　身邊好多凌空飛過的　快樂
此刻　故事還溫熱　於是我提筆　完整了感動的顏色

愛上你是我的天賦特權

◎李欣穎

愛上你是我的天賦特權，不需要經過你的同意。

這個世界上只有我能愛你愛得不慌不忙，
我可以很簡單地愛你，感覺你，不去思考你、規畫你、打擾你，
所有的追逐、等待、創造都可以停止，
我們已經活在彼此之內，
就像盲人把彩券賣給盲目相信機率的人，
我們之間最不需要的就是清醒。

慕情最初

◎林文義

歌德臨終前，終於流下純淨之淚。

原來，少年維特永遠不曾老去；青春最美麗的第一首情詩，再也記不得初戀少女容顏。

十六、十七歲，蓓蕾甦醒，猶若薄雪草在冬眠之後，準備舒葉綻放潔淨、無瑕的嫩瓣，像未吻之唇，羞怯地迎迓季節的風霜雨露。

你去過威尼斯，鳳尾舟輕緩划過嘆息橋；據說，橋下穿越時，誓言永生眷愛、攜手的伴侶一定緊擁、深吻，相應許諾一生一世。

你在聖馬可廣場黃與綠間隔的咖啡座，忽而憶及初戀的彼時，那是多少多少年前，最初的怦然心動以及慕情的尋索——多少多少年後，才真實明晰真愛的意涵，冬雪煙火般璀璨。

橄欖之青澀，葡萄仍未熟，試圖釀酒……未知的遙遠，初戀少年少女，純粹地編織夢土；為戀人高歌或者吟詠詩人不朽的名句：

kowei 繪

如果，我去了，將帶著我的笛杖
那時我是牧童而你是小羊
要不，我去了，我便化做螢火蟲
以我的一生為你點盞燈

——鄭愁予〈小小的島〉

是啊，我將以一生記憶你，如同千萬年岩穴中的壁畫，朦朧烙印一個永難忘卻的名字。

青橄欖終成黃金的液態，未熟的葡萄還是釀造芳醇紅酒（歌德飲啜過嗎？）或者在悄靜子夜，孤獨相伴一盃茶，甘苦自知付之一笑。

暮年日月仍需有夢，美麗如慕情最初，回首第一封情書落筆的喜悅或哀愁；那穿著蓬裙、繫著蝴蝶花結的少女，羞怯地挪近，纖纖如雪的手微顫地交了過來，原來，夢永不老去。

我以一生的時光等待你，不捨晝夜。

我的初戀，你的永遠。少年少女維特都好。

如果……青春。

◎許哲珮

如果我可以飛，我想飛過半個地球去北極過聖誕節。
如果我會跳舞，我想在冰湖上和企鵝跳一曲天鵝湖。
如果我能隱形，我想躲在愛麗絲的口袋裡，一起去旅行。
如果我有魔法，我想把青春裝進杯子裡，
然後一口喝到我的肚子裡，永遠在一起！

種太陽

◎許哲珮

十一月，
天氣轉涼。
我還在期待我的聖誕節，
你已經把禮物送給了我。
是天冷的時候，
你用手心幫我暖好熱茶，
讓我的臉頰上種了太陽。

記憶的盒子

◎許哲珮

兩個人旅行，我們唱歌，我們說話，
我們仰望星空，數著未來的夢。

一個人生活，我聽音樂，我寫日記，
我收集風景，種在記憶的盒子裡。

孤單的時候，想念的時候，
我等待風將落葉吹進我的杯子裡，
慢慢沏成一杯，關於回憶，濃烈的茶。
品嚐苦苦的，甜甜的，美好的人生。

等

◎許哲珮

終於等到陽光一點一點的，
灑在冬季冷冷的空氣裡，
像暖暖包一樣。

我在這樣的溫度裡，等你帶著溫熱的笑容，
和一杯我最愛的茶飲，陪我漫無目的的走著。
然後你會牽起我的手，把溫暖的陽光和我一起放進你的口袋裡。

我在這樣的溫度裡，等你。像陽光一樣。

◎許哲珮

一口呼吸

當陽光美得像電影場景一樣，
棉花糖般的雲，淡藍色的天空，我們都需要一個迷你日光浴……
散步也好，到公園看樹葉跳舞，到巷口寵愛自己一塊藍莓蛋糕。

當天氣陰沉得就快要哭了，
一本書，一杯茶，一首歌，
不用整理行李，不用規劃行程，戴上耳機，就出發吧！

輕輕打包一顆想像力的心，小小的旅行，只要一口呼吸，
就開始了！

◎許哲珮

有你　就好

當冷空氣像調皮的小孩從門縫中鑽進來
這個世界　就無限的美好

是溫泉的季節　圍爐的火鍋　聖誕的禮物　是好久不見　想念的冬天
我會為你暖好熱飲　為你唱一首溫暖的歌　給你一個靦腆的微笑

在這個最適合擁抱　有你的暖冬
有你　就好

◎許哲堺

奮不顧身的心動

當晴天突然下雨　當陰天終於放晴
你是我生命中　第一道彩虹
當楓葉瞬間紅了　當初雪漸漸融了
你是我故事裡　第一位詩人
當路燈靜靜滅了　當時間悄悄走了
初戀還握在手中　像一條細長的風
鑽進掌紋裡　牽引著記憶
當思念不再青春　當歲月無法停留
而你的眼神　還永遠烙印著
那一年　我奮不顧身的心動

◎許悔之

體溫的鵝絨

你呵出的氣啊
是瀰漫一切地乃至大海的霧
霧中你隱約的臉
是最美麗的風景
冬季裡你頸上的圍巾
包覆的脖子
是天鵝之頸
你的體溫
啊宛若溫暖的鵝絨
就讓雨雪霏霏變成暖冬

◎許悔之

末日幻覺

那時如此年輕
你不接電話
我就以為
末日來了所以天降黃雨

像一隻鷹
想要展翅飛翔
卻發現灌了鉛的天空
連呼吸都不可能

那時候我們以為一次的相會
就是生生世世了

幸福的味道

◎張曼娟

你從園裡走出來，
髮絲纏繞著花朵的芬芳，
衣袖沾染著成熟的果香，
似有若無的，給我一個微笑。

天黑之後，我走進園裡，
為的不是攀花，也不是尋果，
在寂靜的樹叢間，
閉上眼睛嗅聞，你獨特的，
幸福的味道。

秋天，我不想念

◎張曼娟

你在秋天離開，我輕聲對你說：
「我不會想念你。」
當我望著月亮時，我不想念；
當我喝著熱奶茶，我不想念；
當風捲起的落葉在腳邊翻飛，我不想念。
我對你說：「我不會想念你。」
你微笑著：「我知道。」
你知道我不會想念你，
因為你一直在我心中，從未遠離。

觸動的每一刻

◎張曼娟

我想，你是不會來了。
滿室人聲笑語也無法掩蓋我的寂寞，以及失落。
與主人道別，穿上外套，戴好帽子，
拉開門，寒夜裡，風塵僕僕的你，剛好趕到。
大衣上還有細細的雪花，
「陪我喝杯茶吧？」
你握住我的手，對我微笑。
我沒回答，緊緊將你擁抱。

我的小旅行

◎張曼娟

我的左腳趕上右腳，正好見到你微笑，
說：「妳也來了？」
這可不是碰巧，只是你不知道。

站在盛放的櫻花樹下，
人們歎息著它的短暫與美好。
而我注視著你的側臉，
感受剛剛完成的一次，愛的小旅行。
或許也是短暫與美好，
並且，無人知曉。

雨的味道

◎陳珊妮

很小的時候，還以為全世界唯獨自己具備這種超能力——「可以提前嗅出雨的味道」

它是老師嫌惡的眼神和男孩惡作劇的同情心，和我一樣討厭體育課。

對超能力的幻想終於破滅，對雨的形容相對複雜起來：因為安全感買了一雙鞋，因為愛給爸媽外帶一份晚餐。

那天媽坐在客廳問了：「外頭下雨了嗎？」我說：「是啊，還好我們不用出門呢！妳也聞到了嗎？」

那是一種叫人依賴，家的幸福味道。

愛的時間

◎陳珊妮

前面的老夫婦牽著手，彷彿樹葉輕微顫動，他們就突然老了。
他手握著，她就懂了。
後面的年輕人沒想過時間的事，多少期待著沙發上的擁吻，
計畫著深刻有意義的愛情。
需要多久的默契與練習，才能讓最濃郁的情感，在那麼剛好
的瞬間感動了我？
我們都需要一點時間……

小事

◎陳珊妮

經常想起小時候，媽媽在後院一邊洗衣服，一邊唱著歌，越唱越高竟然破音了。

才小學低年級的妹妹，到了學校才想起忘了帶書包，這笑話被說了好多年。

好端端的走在回家路上，只有我穿著制服持續笨拙的練習滑倒。

長大後的我們，拚命追求著完美而不凡的人生

然而真正讓我們心動被憶起的，都是一點小事。

◎陳珊妮

陽光的約定

「等天氣好，一起出去玩吧！」

後來整整下了兩個星期的雨。
當時為什麼說了那種蠢話呢？
為什麼沒上中央氣象局網站查詢呢？
為什麼明明只在意你，卻關心著天氣？
其實我們可以坐在一起等天氣變好，再約了一起曬太陽，
那麼每天的我們，心都會暖暖的。

值得

◎陳珊妮

情人節的米其林晚餐，
生日的限量名牌包，
那些悉心經營的重要時刻，
和他不小心洗壞你的襯衫，
連同跨年失敗的自拍合照，竟然同時被想起。
什麼樣的回憶值得被留下呢？
無須小心翼翼提醒關於我愛你，
我們都不是一個人，這樣就很好了，不是嗎？

◎陳珊妮

雙人座跑車

十二月的雨停了，空氣乾乾的，冬天自顧自冷著，管不著機車情侶們的爭執。

男生脫下圍巾在女孩頸上隨意繞了幾圈，拿出雨衣覆蓋上短裙，從鋪棉外套口袋拿出熱騰騰的暖暖包放在她手心，親自為她將安全帽扣好。

他願意幫你擋風，一顆心為你禦寒，他有你期待的雙人座跑車，溫暖和愛。

◎雷光夏

和他喝完凍飲之後

他倆都愛喝冰凍飲料——
好像是全世界最喜歡喝凍飲的兩個人。
他們發現：不論寒暑，在每個季節，兩人都保有
對飲料同樣的想法！
於是，他們成了情人。

多年過去，當她從冰櫃拿出另一瓶凍飲，
卻被身旁的另一個他關心地阻止了……

她忽然想起那年，
和他暢快喝完凍飲之後，
可以微笑、再握緊彼此的——
暖暖手心……

◎雷光夏

低音提琴手

練習前他總是第一個搬著沉沉的樂器走進來
（而吉他手通常最晚到）
低音提琴手的單眼皮低垂　笑容溫和
是不是因為他來自日本
穿過布滿花樹與雜草的院子
他得小心閃躲那些好奇嗜血的蚊子

樂團開始演奏　他緊跟著大家的節奏
就在溫柔的低音部——
像心跳　咚咚觸動我的身體

◎雷光夏

異星想念

第一個音　鯨魚的高音　滑過月光潮汐
第二個音　秋天樹葉　在雨中搖曳
第三個音　窗外巨大鑽具　用力擊碎古老建築
第四個音　墜落在庭院的　一隻赭紅斑鳩
第五個音　她放開手
不再彈奏
樂器震動的泛音　用來想念——
那編號 B612　和遙遠同伴們一起的
異星故鄉

陽台

◎楊佳嫻

冬天了，雪們
有它們各自心愛的陽台
陽台有它們各自
戍守的麻雀
跳著，瞻望著，
比一顆心
還要伶俐

我們有我們的冬天
我們只有冬天
那一年的，去年的，還有今年——
此刻，感覺到一生
那麼的短
總是搓著手，呵氣，毛茸茸的，
寒冷取消了我們的身體

雪意的十點鐘
月亮會不會比夏天
更白一些
陽台上麻雀們和路燈輪班
鍋爐冒著煙
樹林子那樣遠
遠得也變成了煙

春天要來了嗎，我們戍守著
胸口的陽台
把雪線再逼退一些
讓樹林更近
麻雀那樣蓬鬆著羽毛
如一顆漲大的心

夏日嬉遊

◎鍾文音

夏日，一切都近了。
熱情的薰風，揚起溫暖的腳塵。
魚在海面起伏，雲在空中啟航，
我聽見藍泳衣的笑聲，我看見綠洋裝的飛舞。
南國日出的太平洋，邊境日落的森林浴，
守衛著一對對永恆的夏日戀人……

任誰都看得出來，我和夏日同眠多時，
一盞貝殼燈，映出旅行者的痕跡
——小麥膚色暢快，嘴角溢出香氣，
藍眼睛發亮如一張世界地圖，
我想一直旅行，和我的夏日。

夏日，一切都近了。

◎鍾文音

所寵所愛

在忐忑的青春所在之處
翻開你　都是滔天巨浪
攪拌著大海　鹽化作淚
淚久成相思
我不敢注視你
只任那甜美香氛
落在我的眼我的睫
如初春天使初臨人間
幽微短暫
卻綿延成一生的記憶
因為這是　初
因為這是　戀
所寵所愛　都是你
標誌愛的經典地標
不能回頭看
一看成鹽柱

在戀之海
我忘了海

初戀永不嫌晚

◎鴻鴻

十一歲初戀還不算太晚
愛上小學老師的香水和裙襬
扯班長辮子換來她的正眼看待
或是愛上小丸子，那個永遠不老的祖母級少女
以及爸媽的A片中，那些無辜又貪婪的巨乳妖怪

二十一歲初戀還不算太晚
愛上大圓臉扁鼻子從來不是夢中情人的那種女生
吻的美好（雖然口水有點太多）
腋窩溫暖的美好（雖然她痛恨你的鹹豬手）
徹夜不睡覺在臉書上共度的美好
還有失戀時，想死的美好

三十一歲初戀還不算太晚
青春的尾巴才是真正青春
愛上小你十歲的少女

kowei 繪

或是大你二十歲的男人
一切都綻放出無限可能
探險不怕迷路，迷路不怕回不了家
兩人目光交會處，就是歸宿

四十一歲初戀還不算太晚
站在生命上坡和身體下坡的分界
也是一種無可比擬的顛峰
你懂得愛，第一次真正地懂
可惜你愛的人卻不懂
正好可以展現你的熱情跟包容
你知道哪裡好吃好玩
愛情卻讓你發現世界比這些更遼闊得多

五十一歲初戀還不算太晚
不再只有貓狗依戀你

不再只有卡拉ＯＫ情歌刺痛你
不再只有警察會開你罰單
抗議無效，讓愛情把你擁有的一切統統摧毀
竟然這麼過癮
每天醒來，都好像再活一次
戴上老花眼鏡看情書，換上緊身衣褲練跳舞
越愚蠢，越覺得一生真沒有白活

六十一歲初戀還不算太晚
愛吧！何必多說

封印

◎鯨向海

再忍耐一下
他就要過來跟你搭訕了
他會以犄角示好
他會宛如幽浮降落
他將慶典花火一般釋放
他會假裝錯過你
去搭訕你前面那個人
直到童年的紙飛機穿越波光折返
直到吸管終於通向大海
他彷彿為你解凍了最強的暴風雪
他簡直就像在為你
加熱一顆死去的恆星

如果你有信仰
他會讓你以為
那是神

kowei 繪

在說：沒事了
沒事了
封印已經解開
從此可以相愛了。

◎鯨向海

吶喊直到盛開

眾人竊笑之中我們承認閃光
是無人知曉的星星
我們承認親吻是雲雨
不能縮的祕密
那些寂寞的，罵髒話的
青春會一再地暴走
共通之引擎啊共同的核廢料
誰不曾激動地希望這噴泉就是永遠
這冰淇淋就是永遠呢
一生卻僅有一次因為戳到那個梗而吶喊
而為彼此完全地盛開

◎鯨向海

最初夏天的海邊

沙灘上面礁岩底下
一個洞和另個洞之間，忽有浪花
攤開古銅色的胸膛
沒有機場也可降落
沒有汽笛聲，也游來大魚
鬆掉褲帶
在最初夏天的海邊
喜歡誘騙青春的感覺
鳥的閃躲，風的輕吻，眼神的震盪啊啊
真的很喜歡騙他們
全部交出來

◎鯨向海

濃烈瞬間

你是光影很淡的那種清晨
你說你的浪花不擅言詞
就這樣與每座島嶼維持著禮貌性情誼
一切都是淡淡的
你的體味淡淡的你的鬢角
淡淡的你的手機螢幕淡淡的你的十四行詩淡淡的
當世界離我越來越遠
連天使都心力交瘁
是你無緣故微笑了起來
抵抗地震防海嘯穿越輻射雲
如此濃烈地拯救了我

◎鯨向海

致純淨心靈的永恆陽光

你讓這人伸懶腰
使那些人繞過死角
你讓單車上的愛情鼓起勇氣放開雙手
令整座幽谷忍不住跟著吶喊
你現身在所有集會遊行中
你守候於所有的病床前
你輝煌了晨霧裡的數滴露水
也閃耀了全部的黃昏眼神
你讓今天又是一個好日子
你慷慨給這世界所有人又一機會
可以原諒了自己再一次

◎鯨向海

初戀是最開始的童話

1.最開始的童話

是青春與小鳥，於迷霧中對看
一種多麼巨大的溫暖
漫出了黃昏的神燈
在拒馬封鎖的街角，沿麵包屑前進
暴雨過後，抵達心底的龍宮
此城終被吻醒
戀人們奮力爬上豌豆，為一份真愛
去了遙遠的地方

2.最後的神話

是多年後走在春日的網路上
又遇見你丟來水球
即使看不見彼此被時間磨損的樣子

仍能感到那殺傷力，但我已經變得透明了
可以穿過刀鋒和重擊了
也許改變的是你——
當初畫這畫，寫下這詩的那人
如遙遠的一陣霧氣，依然美麗，令人迷惑
但確然已經消散了

◎羅毓嘉

初戀像貓靜得像支花瓶

如果我在春天穿上新衣，會有一襲
美好的氣候屬於我。想起我們曾經像貓
像貓那樣愛你
而你的愛靜得像支花瓶
為自己寫一首情詩叫做初戀
沒有人教我該如何去做，只是說著
不用說幾句話你也變得鮮豔了
如果春天剩下最後幾秒鐘，我是說如果
穿一襲新衣我像貓那樣舔你
為你寫一首情詩曾經我像
貓那樣愛你不受拘束
躍上躍下
你還是我最甜美的占領

後記　為愛發聲詩選集

飲冰室茶集藝文館

何航順

在「一首永為大家喜愛的食品交響樂」統一企業中滋養，飲冰室茶集如一株深蘊詩意的幸運草。

為提倡文學風氣，鼓勵新詩創作，延續飲冰室茶集「詩藝復興運動」，復興文字的善與美。今年五月初，蔣勳老師、羅智成、向陽、許悔之、鍾文音、鯨向海、楊佳嫻、羅毓嘉、許哲珮等詩人登高一呼「為愛發聲」：五月四日為自己寫一首「名叫初戀」的詩，以十到二十行新詩為體例，舉辦初戀情詩大賽。

「……希望不只是文學、文字技巧的表現。」蔣老師說，「更希望文學跟人的情感、生活能夠發生密切的關係……」

短短兩個月創造「三百六十八萬次」人次流量、近一萬三千篇作品，諦聽不同面向、不同世代的聲音。回憶初戀，詮釋當下，字裡行間擴散羞澀、喜悅、思念，乃至悲壯、痛苦的氣味。

「以詩歌和春光佐茶」飲冰室茶集自一九九八年問世，以詩人之姿，漫步在台灣飲料的價值鏈上。如後現代文學作家唐・德里羅（Don DeLillo）在《人都會》裡寫到，「詩人只負責愛世界和把它的美寫入詩行裡，就這麼多。」

「當我手上拿著，就是一種文學氣度的展現。」首任品牌舵手黃釗凱許了飲冰室茶集。

飲冰室茶集認為：每個人天生都是詩人。也就是說，頭頂上的詩人光環就算已被資源回收，然而，只要手上拿著它，就有詩。

「無法成為詩人」聯合文學總編輯王聰威〈詩應有的樣子〉文中描述，「就像挖掉心，丟了靈魂……」

詩是靈魂，茶是觸媒，我們養茶，也養詩人……我們想要喚醒每個人身上，那個沉睡已久、古老的詩意靈魂。

這個時代需要詩人，因為我們需要藉著他們既銳利又詩意的雙眼，找出躲在平凡世界背後，那個璀璨刺眼的獨特光芒。

飲冰室茶集藝文館，將詩人的沙龍搬進你手上的飲冰室茶集，讓

你以大夢初醒的品茶感官，悟出剛摘下來、最新鮮的詩——以詩歌和春光佐茶

此次徵詩加入「詩眼」新意，所謂「詩眼」是詩歌再經錘鍊，收斂成一字。宛如詩歌的靈魂之窗，寓意深遠地表達情感。向外鋪陳，期如「開任意門」跨越現代詩既有桎梏，企圖達到跨越空間的情境鋪延；反之向內探求本質，期如「少林點穴」一擊到位，讓主題更清晰明確。結果是「憶」成為最多人使用的詩眼，統計上必有其蘊意，這代表著時下初戀之聲。詩眼用心錘鍊，存之於詩作中，更可摩擦出光彩奪目的珍珠。

「不需要等到熟稔詩的語言；低頭寫詩就能創造那些條件。」詩乃文學之首，詩就像人體「幹細胞」，保留無限發展的精魂。為愛發聲網路人氣踴躍，〈野火般的初戀〉鮑菇揚以藏頭詩點燃了網路長尾芯蕊。在投稿網站上，各式嵌字詩如星星之火，燒熱了網路詩文，也薰出了廣大島嶼青年的心聲。台灣新詩的分歧面相與異質觀點，在今年為愛發聲再次相互激盪。跨越時光，想起一百多年前巴黎的印象派運動，我相信新詩的盛唐終會來臨。

初戀於我，如孤獨的狼。狂奔一夜青春曠野上，放下腳步，抬頭凝視遠方，是因沒有訴說的對象。如果你可以，可以小心翼翼地接近。如果你願意，願意一起「為愛發聲」將音波傳遞到詩的邊界。或伏臥或端坐，等待回音，聆聽初戀振盪《莫札特降Ｅ大調》的回憶。

真心感謝蔣勳老師的指導，感謝決選評審羅智成老師、向陽老師、許悔之老師，感謝初審王開平、林德俊、孫梓評、鯨向海、楊佳嫻、羅毓嘉，與聯合文學玉卿、聰威與編輯部同仁們為我們選出時代之聲。感謝電通國華佳琳、逸嵐、勁旭，博思公關凱玲、華苓的協力。於詩藝復興運動的一步，共同護持著羽翼未豐參與投稿的稚齡詩人們，在這島嶼共同為初戀發聲。

最後感謝飲冰室茶集藝文館館長劉文欣、新任總編輯徐毓良為這本詩集胼手胝足，當然也可以是一種聲音期許來年第二次的愛戀，攜手呵護這株詩意幸運草。

為自己寫首「名叫初戀」的詩

作者：

為愛發聲 詩選集

編　者　飲冰室茶集藝文館
策　畫　飲冰室茶集
地　址　台南市新市區大營里7號
電　話　0800-037520
網　址　http://www.uni-president.com.tw/

2013年12月初版

定價：新臺幣260元

出版者：聯經出版事業股份有限公司
地址：台北市基隆路一段180號4樓
編輯部地址：台北市基隆路一段180號4樓
叢書主編電話：(02)87876242轉203
台北聯經書房：台北市新生南路三段94號
電話：(02)23620308
台中分公司：台中市健行路321號
暨門市電話：(04)22371234ext.5
郵政劃撥帳戶第0100559-3號
郵撥電話：(02)23620308
印刷者：文聯彩色製版印刷有限公司
總經銷：聯合發行股份有限公司
發行所：新北市新店區寶橋路235巷6弄6號2樓
電話：(02)29178022

發行人　林載爵
總編輯　胡金倫
執行策劃　電通國華
　　　　王聰威
　　　　周玉卿
校對　吳美滿
美術設計　江宜蔚
內頁繪圖　kowei

行政院新聞局出版事業登記證局版臺業字第0130號

本書如有缺頁，破損，倒裝請寄回台北聯經書房更換。　ISBN 978-957-08-4307-1 (平裝)
聯經網址：www.linkingbooks.com.tw
電子信箱：linking@udngroup.com

國家圖書館出版品預行編目資料

為愛發聲 詩選集/飲冰室茶集藝文館編.
初版．臺北市．聯經．2013年12月（民102年）．
138面．12.8×19公分

ISBN 978-957-08-4307-1（平裝）

831.86 102023618